坂井一則

詩集

あなめあなめ

コールサック社

詩集　あなめあなめ

目次

Ⅰ章

Ⅱ章

Ⅲ章

Ⅳ章

詩集

あなめあなめ

坂井一則

I章

静かな世界で言葉が浮上する

静かに震える声がある
静かに語る言葉がある

私は世界の片隅で待っている

例えば明日の夢　或いは昨日の悔恨
それらみんなを引っ括めて
私は静かな世界に身を潜める

するとどうだろう
闇の奥　深海の底から
ゆっくりと浮上するものがある

無音に弾ける気泡のように
闇の深い所から
岩礁や貝殻
見たことも無い魚体の全身からも
下から上へと湧きあがるものがある
ただただ上へ上へと

私が沈めた言葉は
浮上する気泡に堰き止められて
包摂され絡められる

導かれる生命の音

生命にはいつかは語る部分と

無関係に迸る言葉がある
その両方に私は憧れている

空に聴く、朝

空が鳴っていた

あれは確かに
風が鳴っていたからではなくて
空が高いところで久しい人や大切な人と
語らおうとしていたからではなかったか

そのように
愛おしく慈しむ者は
地上であまねく光に震えている

するとどうだろう

突然
激しい渦巻きのような強風が起ち
空に立つあらゆる織物を吹き飛ばし
地上と天上の間は
私たちと青空だけの時間となる

空に吹く喇叭の朝が
私たちを秋へと呼び込むのだ

空の魚《うお》

もしも私が井戸ならば
昏い水底に身を委ね
もしも私が湖沼ならば
更に昏くて深い闇に眠る

もしも私が風ならば
碧い海原に身を凭れ
もしも私が木霊ならば
巻貝に耳を押しあてる

そのように水の面は
いつも何某か騒がしいから

時に上空を覗きに行く

そのとき
もしも空に雲海の波が立っているなら
私は銀鱗を纏い
そこを目指そう

息の続く限り
空の魚になろう

木漏れ日

木漏れ日に青空を望む

地球はちっちゃな星だけど
こんな木漏れ日の
静かな時間に居ると
地球もそんなに
悪いところでもない気がする

でもこんなちっぽけな地球でも
地上のどこかでは
いつも誰かが諍いをしていて
その諍いでは

誰かが涙を拭いている

だから君よ　あなたよ
あと一〇〇年も経てば
私たちは確実に
木漏れ日の向こうの
青空のもっと上に召されていくのだから
そしてそのときは
諍いと言う存在そのものが
記憶の片隅で蹲《うずくま》っていくのだから

であれば　人よ
私たちはみんな
ちっぽけな地球に生まれた

広大な宇宙の子供たちではないか
私たち一人一人が仲間同士ではないか

あの青空に仰ぎ見る
木漏れ日のように
静かな時間の空を
今一度
見つめてみようよ

風が凪ぐ

風が凪ぐ。

それが己の本来あるべき姿であるかのように、
風は鎮まる。

木も葉も枝も幹も、川も海も山も空も、
すべてが静寂のなかに息を殺す。

だが「風が凪ぐ」と考えることは大きな過ちだ。
むしろ矛盾でさえあるのだ。
なぜならそれは、
風の内には、

騒ぐもの、凪にこころ穏やかならざるものがあり、
それがある日、
和らげられ、慰撫されたために、
こんなに冷静にいられたのだ。

風は本来、一つ所にはいられない代物なのだ。
「凪ぐ」ということ自体が、動悸させ脈打ちさせていたものを、
突然静止させ、
たまたま世界が驚きをもって受け入れたかの如き状態になったのだ。

だから風が凪ぐことが非常時だとしたら、
風は常に動くべきことが存在なのだ。
風は常に動くべきことが顕現なのだ。

地球は動く。
風も動く。
時に人間だけが、ひとり淋しく、
凪ぐ。

Ⅱ章

記憶の片隅で

記憶の片隅で誰かがそっと話している。

それは遠い彼方からの言葉のようであり、
或いは昨日のことだったようでもあり、
それとも誰かの闇のつぶやきだったかもしれず、
いずれにせよ、
海の中の泡粒のごとき聞き取りはできなかったが、
しかし私には、ただただ美しい声のように思えた。

（なにも語らなくてもいい
なにも聞こえなくてもいい
そこに在る

　そこに居る
　それだけで充分だ）

私はたかだか六十有余年の間に、
幾ばくかの友と語らい、本を読み、音楽に親しみ、
氷炭相愛の如き恋もした。
だがそれも日々に疎く、
友は去り、本は破れ、音楽は雑音に、
そして何より恋は殺伐となった。

（いつも誰かがいた
いつも何処かにいた
夢の世界ばかりではなかったが
独りぼっちではなかった

それだけで充分だ）

今はただ海の中に漂う層流であればいい。
乱流の海は激しすぎ、
深海の底は淋しすぎるから、
おのがじし、水母のように彷徨いながら、
「それが、わたしの、じんせいだった」
と納得する。

それだけで充分なのだ。

温もり

昏く物悲しいのに、どこか温もりがある。

例えば山岳の麓、それとも鎮守の杜。
古来、神々が住まうという森には、八百万の神がいるという。
阿加流比売神《あかるひめのかみ》から綿津見神《わたつみのかみ》まで、
その時々に神々は縷々《るる》、お忙しい。

神々がいらっしゃるのであれば、
私をお救いなさる神もいるのだろうか?
私は今までに信心はなく、
まして無信教で苦しい時の神頼みでは、
神様にも見放されてもしようがない。

昨夜は久しぶりに雷雨となった。
遠く近く鳴る雷鳴に、
神々が怒っているのかも知れない。
おい、もういい加減にしろ！
と。

季節はじきに四月となる。
隣りの桜が七分咲きで、その向こうの山々も華やぎ出した。
神々たちも冬衣《ふゆごろも》を急いで脱ぐことだろう。

あなめあなめ

髑髏の眼窩に薄《すすき》が生えている
目が痛い
ああ、耐え難い
（あなめあなめ）

私の頭の中にも薄が生えている
言葉が痛い
ああ、耐え難い
（あなめあなめ）

絶世の美女小町さんと雖《いえど》も
叢《くさむら》に帰れば歌の髑髏となる
況《いわ》んや私なんかは
何処の馬の骨とも分からない

時に暴君ネロも
いくつの髑髏をあなめあなめ言わせたか
人と人が戦う世は
いかに暴虐なあなめあなめを啼泣せしめたか

地上の至るところ
眼窩の草が生えている

その一眼一眼にあなめあなめと吹いている

※秋風の吹き散るごとにあなめあなめ
小野とは言はじ薄生ひけり（在原業平）

埴輪

埴輪を見詰めていると、極限に単純化されたフォルムなのか、
或いは単に稚拙なのか、分からなくなる。
埴輪を見詰めていると、時間に削ぎ落とされた表情と、
時間に纏わりついた闇の白光が、土色に降りてくる。

埴輪は瞳を持たない眼窩だ。
埴輪は唇を持たない洞窟だ。

光が射さぬ眼窩には涙雨は降らない。
しかし、悠久の時間に佇む悲哀はあったはずだ。
音が響かぬ洞窟には言葉は零れない。
しかし、沈黙に耐えた想いの丈はあったはずだ。

埴輪の瞳は穴だけだ、これ以上単純な表現は赦されない。
埴輪の唇は穴だけだ、これ以外呆けた表情は赦されない。

涙流さず言葉語らず、死者だけを見詰め、死者だけを弔い、
ただ死者のみと共に見えない瞳、語れない唇を携えて、

穴だ！

穴以外の何も望まず、
穴以上の何も赦さず、
土より造られ土に還るその日まで、
埴輪は己の領分を持して立ち尽くす。

Ⅲ章

矢

一直線を求めて
行き先は黒い丸の的《まと》
かつては人が的であったか

昨今では電波の矢が
昼も夜も交錯し
世界中の空は
目には見えぬ混雑で忙しい

「今、娘が産まれました」

あの日

祖母となった義母への電話には
過たず確かに正鵠を射った矢が
闇夜を走り抜けていった

一本の矢が誰かの胸に届いて
射貫かれた者の心には
未来の焔を灯していく
そんな嬉しい矢ばかりなら
矢でも鉄砲でも持って来い

殺戮ばかりの矢の世界にはもううんざりだ

骨

時に　私は考える

私の肉体を剝ぎ取ったら
学校の理科室で吊り下げられた骸骨の標本
或いは歌川国芳の「がしゃ髑髏」

禍々しい赤裸々な私の身体は
その時　私の脳は塵となって
軽々しく天空を漂い
いずれはしゃれこうべになる人々を見下《みお》ろせば
それもまた一興ではないか

「換骨奪胎《かんこつだったい》」
私は高野喜久雄や吉野弘の如く
詩を書いてきたか

今さらながら骨身に沁みる
冬の夜

萌葱色《もえぎいろ》

若かった母のアルバムでは
写真には見えない着物を着ている
父とはまだ出会わなかったころ

そのとき母は萌葱色を着ていたと言う
どこにも見えない絵姿を
モノクロームの写真が脳裏に舞う

明るい萌黄ではない
深緑の萌葱色だ
世界中が灰色だった時代に
微かに花を散らした

精一杯の色だったのだろう

あれから母は
幾度か着物を脱ぎ去り
今は洋服の写真に納まっている

天上の母はもう
萌葱色は着ていないだろう
萌黄や浅葱色のような
明るい色を着付けているだろう

いずれ私も
その姿を見つけにいく
明るい色がひと際輝く物を

捜しにいくのだ

※萌葱色《もえぎいろ》＝萌え出た葱の芽の色
萌黄《もえぎ》　＝鮮やかな黄緑色系統の色
浅葱色《あさぎいろ》＝緑がかった明るい青色

スズムシ

スズムシが泣いていた。

でももしかしたら、
スズムシは鳴いていただけなのかもしれない。

草の中に鳴く虫のすべてが、
「泣くスズムシ」ばかりとは言えないのに、
なぜかそれは、
スズムシの音だと思った。
スズムシが泣いているのだと思った。
そうでなければいけないと私は確信し、
渇望すらしていた。

（スズムシは淋しいね）

あの鈴の音には、
私の如何なる無常にも違った。
如何なる有為転変とも違った。
ただただスズムシの音に縋りつきたかった。
無音にリーン、リーンと、
私の胸の中を締め付けていたから。

（スズムシは哀しいね）

それがなぜスズムシだったのか、
そうでなければいけない理由があったのか、

本当のところ私にはわからない。
ただ昔、亡くなった朋友の声がどこからか聞こえてきて、
生きろ！　生きろ！
と駆り立てるのだ。

（スズムシは切ないね）

雨どい

最初は隣りの屋根瓦から。


遥か高みで流れる雲に厚みが増し、やがて薄暗くなると、ぽたりぽたりと雨が落ち始める。

乾いた瓦が一滴、一滴、濡れ出し、瓦はだんだん黒くなり始める。

それに乗じて空気の重力が始まる。

今のところはまだ、雨と空気の間は均衡だ。

小鳥も雨の体重には気づかない。

雨どいもまだ、液体が潜み始めていることを微塵も知らない。

しかし外気の湿り気は確実に忍び込む。


と、時を分かたず雨が降り出した。

最初は小さくコミカルに、だが直に大胆な鷲のように飛来して、やがて篠突く雨となる。

そのとき始めて雨どいはその次第に気づき、樋は急に慌ただしくなる。

騒がしい雨は雨どいを叩き起こし、雨と樋とは交響し出す。


だがそれも今やそれどころではない。

不協和音の唸りが高鳴り、雨どいはしきりに狂いだす。

雨どいを走り出した雨は側溝を越えて道路に溢れ、早晩、川も道も濁流と化すだろう。


雨はいつでも気まぐれだ。

乾期の大地を血祭りに上げながら、雨期の小川を跋扈する。

樋の領分などはたかが知れている。

だから雨も雨どいも、ここはただじっと待つ。

それ以外にはしようもなく、逼塞し、耐えることだけが唯一の頼りだ。

一時間後、雨は止んだ。

屋根瓦はこれ以上飲めない水分を吸い込み、雨も降ることには疲弊し過ぎた。重さを含んだ雨は、水分の量だけ地中に染み通る。

だが雨どいは既に乾きだし、もう次の驟雨に準備し始める。

Ⅳ章

映画館　1〜4

1. 映画館（一）

発送元の書かれていない映画館のチケットが郵送された。

封筒を開ければ五十年以上も前の日付だ。
こんな招待券を今更もらってもしようがないし、
だいいちその映画館はとうの昔に廃業している。

これは何かの冗談なのか。
或いは本当に迷いに迷った宛の果てだったのか。
封筒もかなり色老けたものだ。

今さら貰っても私には何もできないが、
どこか郷愁にそそられる。
映画には面白い映像があったのかも知れない。
どこかしら砂漠の匂いに誘われた。

その砂漠の匂いに誘われて、
かつて廃業した映画館に行くと、
はたしてそこには以前の映画館があったのだ。
そこは黴臭さと乾いた時間に満たされていた。

暗い座席に凭れ映る仄明るいスクリーンには、
私以外には誰もいない。
粗いモノトーンのフィルムでは、
ところどころ映像が途切れている。

ところが映像には砂漠のシーンが映り始めた。
しかしそこには無言に歩むラクダもいなければ、
風に舞う隊商もいない。
ただただ砂漠と時間ばかりが過ぎていくばかりだ。

世界の果てとは案外無味乾燥な場所かも知れない。

2. 映画館（二）

映像はレンズを通して
所々、砂漠をズームしているだけだった。

脈絡も意図もなく、
広広たる砂漠の時間を、
否、時間の存在すら意味のない砂漠を、
ただただ認識外の世界を見せつけられたのだ。

ラクダ一頭もいやしない。
ただの砂の映像にはそこに何の意味があるのだろう。

たかが平均粒子径1／8㎜に棲む無機物が、
こんなにも私を苛立たせるのは何故だろう。

何も言わぬもの
何も語らぬもの
ただそこに在るだけで
主張も非難もなく
相変わらず砂漠だけが
無慈悲に投影され続ける

映画は相変わらず砂の連続で、
もしかしたら荒寥たる砂漠とは抽象の中の想像なのかもしれない。
あるいは釈迦の掌に奔《はし》り廻《まわ》る孫悟空のように、
世界とは個人の器量だけで満たされた、

たったそれだけの人生なのかも知れない。

辟易した私は、
打ちのめされたウサギのように尻尾を捲って帰りたくなる。

と、そのときだ。
俄かに音が耳を衝く。
それも体中に響く歓声が。

3. 饗宴

映像は挿《す》げ替《か》えられて、
砂漠だった場面は無人の遊園地に変わった。
子供一人いないのにアトラクションが廻っていた。
楽し気な音声だけが宛《さなが》らカーニバルの様相だ。

その時私は遥か遠くを想い出した

あれは何のための仮装行列か
それとも葬送行進曲？

それは祖父の葬式で
みんな大酒を飲み
大声で話し込み
祖父の悲しみなどは
微塵もなかった

大人とは
大人になると言うことは
楽しみにつけ哀しみにつけ
酒を飲み
大いに笑い
大いに語り

眠る祖父は

まるでもう既にどこにもいなかったかのように
そうすることがすでに暗黙裡だったかのように
みんなみんな知っていて知り過ぎたかのように

人っ子一人いない寂《さび》れた映画館で、
私が一人っきりでスクリーンを見ていると、
祖父は古い写真に納まっている。

相変わらず誰一人いないのに、
お祭り騒ぎだけが聞こえる。
カーニバルだけが聞こえる。

いつしか砂漠はどこかにいってしまった。
ラクダも隊商もどこかで歩んでいるか。

4. 終演

砂漠のいないスクリーンは、
それはそれで寂しいものだ。
時折流れる雨のシルクが、
今では忌わしい砂漠の映像が懐かしい。

そう言えばアトラクションの馬鹿騒ぎも、
狂気じみたカーニバルも、
いつの間にか聞こえなくなった。
仮装行列も葬送行進曲もなくなり、
映画館は静謐に染まる。

一人芝居の幕切れは
忌憚のない慟哭か
さもなくば嗚咽の漏れ
と言うのが相場だ
ならば私もそれに倣って
涙でも流そうか

と、思う間もなく、
突然舞台は暗転し、
スクリーンが消えた。
映画館も砂上の楼閣の如く、
あっと言う間に霧消してしまった。

暫く経って空中には、
一頭のラクダの姿が見えた。
その背には一人の男が乗っていた。
終演とは案外そんなものなのだろう。

駅

ローカル列車の窓から
爽やかな潮風が投げ込まれると
肘掛けに転寝していたぼくの夏は
絶え間ない車輪の軋みと呼応する
（「一九七八年――夏」冒頭）

二十二歳の時
私は何を見、何を感じていたか

時間の端々には喜怒を
歳月の隅々には哀楽を
それが「詩」なのだと信じ込み

駅に軋む車輪の音が
未来への誘いのように思われた

駅には爽やかな潮風が吹かなければならず
心地の良い肘掛けには微睡みが必須なのだ
私の詩にはすべてが不可欠であり
且つ　与えられた言葉は充分にあった

だが今の私には予め与えられた言葉は何もなく
一時凌ぎの弥縫策《びほうさく》
駅はどこに行こうとしたのか
夏の車輪に軋んだレールは
寝転んだ夢の幻だけだったのか

遠くで微かな警笛が鳴る
何処までも続く音響の渦

結局今の私には
いつまでもどこにも行けず
二十二歳の時間に辿り着いただけなのだ

解説　「静かな世界」で深層の言葉の恵みを詩作する人

――坂井一則第九詩集『あなめあなめ』に寄せて

鈴木比佐雄

1

坂井一則氏は、浜松市に暮らし現在も困難な病で闘病中でありながら、第九詩集『あなめあなめ』をまとめられた。四章に分かれて連作も含めると十九篇が収録されている。Ⅰ章の冒頭の詩「静かな世界で言葉が浮上する」を読むと、坂井氏の心身が病によって変容している困難な情況の中でも、詩作を続けていく詩人としての淡々とした覚悟が、今までの詩集にはない深海と天空と地上をつないでいく独自な境地を生み出していると、その想像力に満ちた精神性に私は驚嘆している。

Ⅰ章の冒頭の詩のタイトル「静かな世界で言葉が浮上する」は、坂井氏の詩的言語が生まれてくる源泉が何であるかを私たちに誘ってくれている。「静かな世界」とは、どんな世界であり、その世界からいったいどんな「言葉」が浮上してくるのか、と私たちに問いかけてくる。坂井氏の詩は、有限な人間存在が限られた時間で何をすべきかを考えた時に、自らの最も好きな詩作を通して、生きる意味を確かめるように一行一行を刻んでいる。その際の「心身の変容」の危機意識が、世界や自然との対話を試みていく言語行為なのだろう。その対話を目撃する私は、坂井氏と世界や自然とが同じ波長でつながっていくことを感受する。そんな坂井氏の言葉に耳を澄ましていきたい。前半部分を引用する。

静かに震える声がある
静かに語る言葉がある

私は世界の片隅で待っている

例えば明日の夢　或いは昨日の悔恨
それらみんなを引っ括めて
私は静かな世界に身を潜める

坂井氏の「静かに震える声」や「静かに語る言葉」の「静かさ」とは、言葉が生まれてくる人間存在と世界との出逢いというか、衝撃というか、言葉による信頼関係が生まれてくる源泉だろうか。それは「静かな世界」が存在していることに驚いた人間と世界の相互関係から、言葉が生み出されたことを記述しているように考えられる。坂井氏は「世界の片隅」でその言葉を待ち続けているが、実はその言葉は「明日の夢」と「昨日の悔恨」などから組み立てられていることを知っているのだろう。喧噪ではない「静かな世界」の中で明日と昨日が入り混じった現在の瞬間をいかに言葉に宿すかを試されていて、坂井氏の言葉は思索の言葉に変貌しているかのようだ。引き続き後半部分を引用する。

するとどうだろう
闇の奥　深海の底から
ゆっくりと浮上するものがある
無音に弾ける気泡のように
闇の深い所から
岩礁や貝殻
見たことも無い魚体の全身からも
下から上へと湧きあがるものがある
ただただ上へ上へと

坂井氏の「静かな世界」はまず地球の「闇の奥　深海の底」に垂直に降りて行く。最も静かで無音で闇の深い場所から、「下から上へ湧きあがるもの」こそが、言葉の原点だと考えている。きっと「闇の深い所」とは、深海であると同時に私たちの精神の深層を指し示しているのだろう。つまり「静かな世界」は私を超えて私たちの深層であり、言葉とは私の言葉でありながらも、私たち人間が培ってきた膨大な言葉が私たちの深層に眠っているのであり、それをいかに解き放つのかが大切なことであると坂井氏は考えて、言葉の発生においては「ただただ上へ上へと」と立ち上がってくる言葉をいかに掬い上げるかが大切なのだろう。後半部分を引用する。

私が沈めた言葉は
浮上する気泡に堰き止められて
包摂され絡められる

導かれる生命の音

生命にはいつかは語る部分と
無関係に迸る言葉がある
その両方に私は憧れている

坂井氏は言葉とは深層に「私が沈めた言葉」だと言う。その言葉が上へと浮上する時に「気泡に堰き止められて」、豊かに変容されていくと語っている。そして「導かれる生命の音」という私たちの言葉になると語っているようだ。「生命にはいつかは語る部分と／無関係に逬る言葉がある」とは、私たちの言葉そのものが宿している地球の何十億年もの生命の記憶と、同時に今を切実に生きている私の「逬る言葉」の両面があるから、坂井氏の詩的言語は、病の最中でも確信をもってその両面を駆使して詩作を続けられているのだろう。

Ⅰ章にはその他の四篇の詩「空に聴く、朝」、「空の魚《うお》」、「木漏れ日」、「凪が凪ぐ」が収録されている。

詩「空に聴く、朝」では、「空が鳴っていた」のは「空が高いところで久しい人や大切な人と／語らおうとしていたからではなかったか」と、他界した大切な人との対話を試みる。

詩「空の魚《うお》」では、「もしも空に雲海の波が立っているなら／私は銀鱗を纏い／そこを目指そう／／息の続く限り／空の魚になろう」と、空の雲を泳ぐ魚に変貌してしまう。

詩「木漏れ日」では、「あと一〇〇年も経てば／私たちは確実に／木漏れ日の向こうの／青空のもっと上に召されていくのだから」と、諍いをやめて召されていく青空の彼方を眺めることを勧める。

詩「風が凪ぐ」では、「風は本来、一つ所にはいられない代物なのだ。」と「凪ぐ」ことの矛盾を指摘し、「地球は動く。／風も動く。／時に人間だけが、ひとり淋しく、／凪ぐ。」と「凪ぐ」ことを錯覚する人間の存在の淋しさを噛み締めている。

2

Ⅱ章には個人の記憶の息遣いや歴史や神話や伝承などの温もりなどを四篇の詩に込めている。

その中でも詩集のタイトルにもなった三番目の詩「あなめあなめ」一連・二連・三連を引用する。

髑髏の眼窩に薄《すすき》が生えている
目が痛い
ああ、耐え難い
（あなめあなめ）

私の頭の中にも薄が生えている
言葉が痛い
ああ、耐え難い
（あなめあなめ）

絶世の美女小町さんと雖《いえど》も
叢《くさむら》に帰れば歌の髑髏となる

況《いわ》んや私なんかは
何処の馬の骨とも分からない

坂井氏は有限の時間を生きた人間存在はどんなに現世で栄えていても、例えば絶世の美女であった小野小町であっても必ず髑髏に変貌してしまい、その先には「髑髏の眼窩」には薄が生えてしまうという有名な在原業平の短歌を想起する。すると恐るべきことに小野小町の髑髏が「目が痛い／ああ、耐え難い／(あなめあなめ)」と呟き、目を失い「あなめ」になって嘆くことが坂井氏の脳裏に甦ってくる。さらにより恐るべきことは想起するだけでなく、坂井氏は「私の頭の中にも薄が生えている」という思いに囚われきて、「言葉が痛い／ああ、耐え難い／(あなめあなめ)」と、自らの言葉が野の薄に侵されていく痛みを感じて「あなめ」と呟くのだ。坂井氏はかつての仏教徒が生身の人間が骸骨になるまで想像する修行を課したことを、詩作においても自らに課しているかのようだ。最後の二連も引用する。

時に暴君ネロも
いくつの髑髏をあなめあなめ言わせたか
人と人が戦う世は
いかに暴虐なあなめあなめを啼泣せしめたか

地上の至るところ
眼窩の草が生えている
その一眼一眼にあなめあなめと吹いている

※秋風の吹き散るごとにあなめあなめ
小野とは言はじ薄生ひけり（在原業平）

坂井氏は、世界の至るところの野原を見ると「暴君ネロ」のような為政者たちが、ナショナリズムによってどれほど人びとを殺戮したかを想像してしまい、殺された人びとの一眼一眼が「あなめあなめ」と「啼泣」することを想像して、たった百年にも満たない有限な人間たちが、絶えることなく続く諍いの果てに殺戮する虚しさを問い掛けている。その意味でこの詩「あなめあなめ」は、在原業平の短歌から促された仏教的な無常観を感じさせるものであるのだが、個人がいかに生きるかの実存主義的な問いでもあり、生と死の意味を問う存在論的な詩である。坂井氏の代表的で根源的な詩として読み継がれていくに違いない。

3

Ⅲ章の詩「矢」、「骨」、「萌葱色《もえぎいろ》」、「スズムシ」、「雨どい」の五篇は、事物や生きものの命名された言葉から、その存在の新たな意味が生き生きと甦ってくる。

Ⅳ章の詩「映画館 1〜4」、「駅」では、五十年前に送られた映画館の切符で見た映像が今でも続き、二十二歳の時にローカル線の窓から見た「駅」の光景に今も魅了されていることを告げていて、次のように締め括られている。過去を反復して甦ってくる光景は現在の瞬間を生きる上で貴重なものであり、坂井氏はその「駅」の光景を手掛かりに未知の有限な時間を生きてゆくのだろう。このような「静かな世界」で「心身の変容」を見つめて深層の言葉を紡ぎ出す詩篇は、「あなめあなめ」とどこかから聞こえてくる言葉の本質の可能性を、私たちに開示し続けるに違いない。

駅には爽やかな潮風が吹かなければならず
心地の良い肘掛けには微睡みが必須なのだ
私の詩にはすべてが不可欠であり
且つ　与えられた言葉は充分にあった

だが今の私には予め与えられた言葉は何もなく
一時凌ぎの弥縫策《びぼうさく》
駅はどこに行こうとしたのか
夏の車輪に軋んだレールは

寝転んだ夢の幻だけだったのか

遠くで微かな警笛が鳴る
何処までも続く音響の渦

結局今の私には
いつまでもどこにも行けず
二十二歳の時間に辿り着いただけなのだ
（詩「駅」の後半部分より）

坂井氏の「二十二歳の時間」の詩的情熱が決して失われることなく、このような深層の言葉の豊饒な恵みが宿る詩集が、「静かな世界」を慈しみ、今も瞬間を誠実に生きている多くの読者の心に届くことを願っている。

あとがき

二〇二三年五月、脳腫瘍を患って三年が過ぎた。

二〇二〇年、前詩集『夢の途中』の前半は健全だったが、残りの後半は病魔を探りながら書いた。何より、言葉が出来ないことが辛かった。詩を書くということは、表現と思考が同時のはずなのに、脳は勝手に動き出し、詩は定まらない。

前詩集で私は「あとがき」に、「私自身の軌跡として記しておきたい」と言ったが、今はもう、そんな気持ちはない。敢えて言えば、昨日書いた続きを今日も書いて行くという、ただそれだけの気持ちだ。

今回、何とか十九篇で詩集とした。
そこには不条理も不合理もない。昨日と今日の間の詩を書き綴る、
それが日々の日課だ。
編集は全てコールサック社の鈴木比佐雄様にお願いした。
ただただ感謝申し上げます。

二〇二三年八月　　坂井一則

坂井一則（さかい　かずのり）略歴

一九五六年（昭和三十一年）生まれ

著書
一九七九年　詩集『遥かな友へ』（私家版）
一九九二年　詩集『十二支考』（樹海社）
一九九五年　詩集『そこそこ』（樹海社）
二〇〇七年　詩集『坂の道』（樹海社）
二〇一五年　詩集『グレーテ・ザムザさんへの手紙』（コールサック社）
二〇一八年　詩集『世界で一番不味いスープ』（コールサック社）
二〇一九年　詩集『ウロボロスの夢』（コールサック社）
二〇二一年　詩集『夢の途中』（コールサック社）
二〇二三年　詩集『あなめあなめ』（コールサック社）

所属
日本現代詩人会
日本詩人クラブ
中日詩人会
静岡県文学連盟
文芸誌「コールサック」（石炭袋）　各会員
ネット詩誌「MY DEAR」

現住所
〒四三一‐三三一四
静岡県浜松市天竜区二俣町二俣二一〇二‐四
（e-mail: sakai1956@sea.tnc.ne.jp）

石炭袋

詩集　あなめあなめ

2023年10月23日初版発行
著　者　　　　坂井一則
編集・発行者　鈴木比佐雄
発行所　株式会社 コールサック社
〒173-0004　東京都板橋区板橋 2-63-4-209
電話 03-5944-3258　FAX 03-5944-3238
suzuki@coal-sack.com　http://www.coal-sack.com
郵便振替　00180-4-741802
印刷管理　（株）コールサック社　制作部

装幀　松本菜央

落丁本・乱丁本はお取り替えいたします。
ISBN978-4-86435-587-2　C0092　￥2000E